はいくのどうぶつえん

俳句:坪内稔典
文:車谷奈穂子　五鬼上英子　田中昌宏　長澤あかね　松山たかし
絵:米津イサム

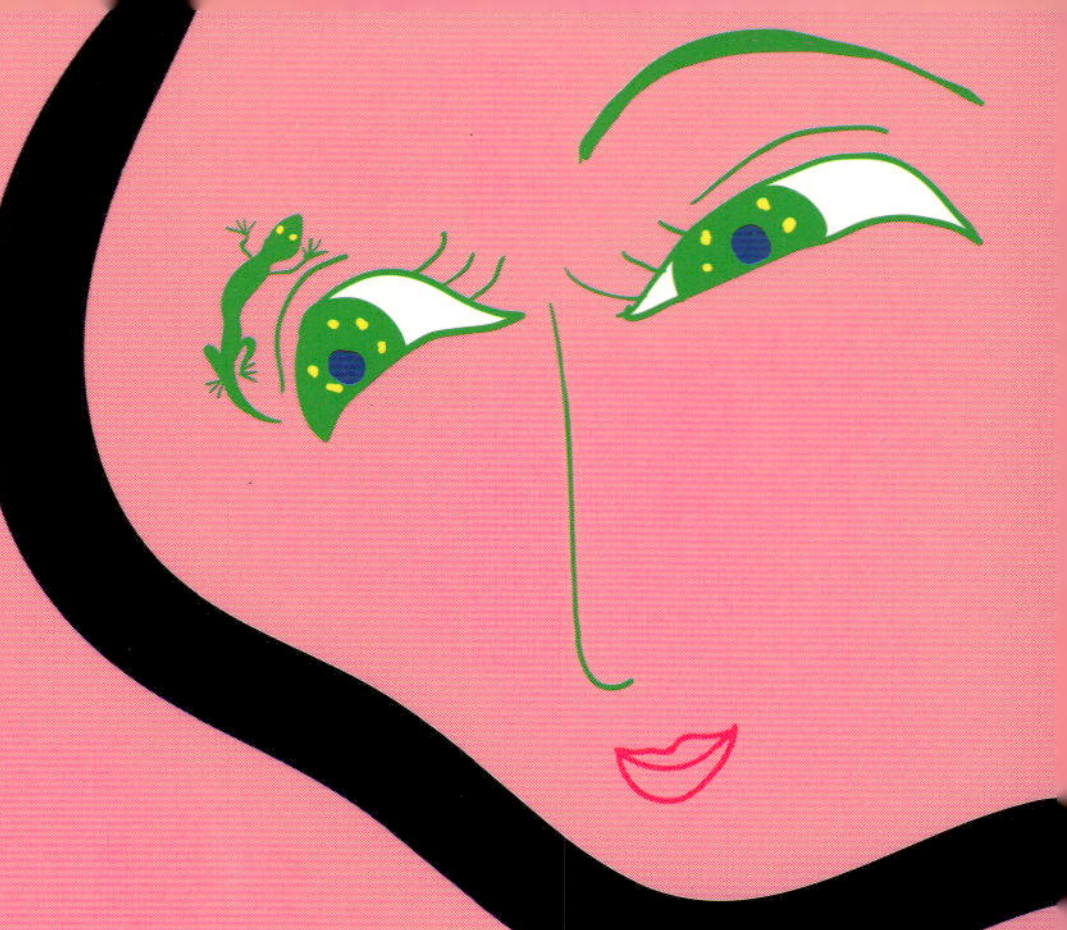

三月の甘納豆のうふふふふ

お母さんがお出かけすると、
ふくちゃんと
のんちゃん、ことちゃんは、
甘納豆《あまなっとう》選手権《せんしゅけん》を始めます。

桜色の甘納豆が、ぽーん！
空高く舞い上がる。
パクッ。
ふくちゃん、一点先取《いってんせんしゅ》。

次はことちゃん。
ぽーん！
コロコロ、コロコロ

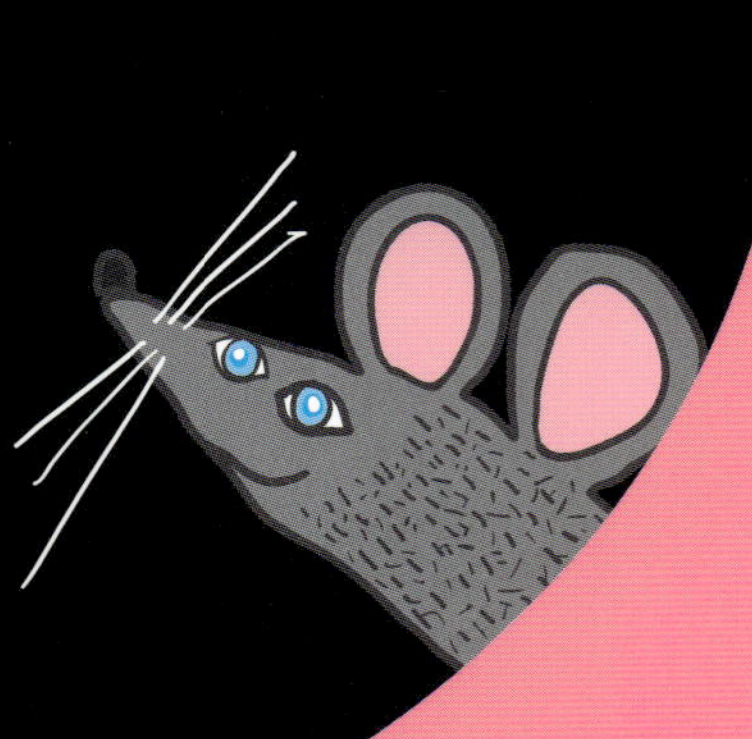

のんちゃんが横から
パクッ。

「あっ、のんちゃん、ダメやん！」

ふくちゃんが笑う。

「うふふふふ……」

ことちゃんも笑う。

もう、すっかり三月です。

文　長澤あかね

桜散るあなたも河馬《かば》になりなさい

河馬さんは、
今日もぷかぷか、プールでお昼寝。
向かいのお猿さんが呼びかけても
となりのキリンさんがのぞき込んでも
ぷかぷか、ぽっかり。

ロバのパン屋さんが回ってきて
「ねえねえ河馬さん、
おいしいサンドイッチを
つくってきたよ」と
声をかけても、
お耳をぷるんとまわすだけ。

お日様が傾いて
風がぴゅーっと吹いてきて
どこからか、
桜の花びら、ひらひらひら。
河馬さんの背中に、
かわいいもようをつけました。

文　車谷奈穂子

孤島《ことう》明けて新任教師《しんにんきょうし》魚と来る

小さな小さな島の朝です。お日さまがきらきら。

島の分教場《ぶんきょうじょう》に
ウミガメの校長先生が
新しい先生を
連れてきました。

朝のまぶしい光につつまれた
新しい先生は
影になって
姿がよくわかりません。

ウミガメの校長先生が
やさしく首をすぼめると
新しい先生は
うふふと笑いました。

分教場は
今日もとても
楽しくなりそうです。

文　松山たかし

たんぽぽのぽぽのあたりが火事ですよ

家に帰る道すがら、
アリさんは緑の塔を
見上げました。
すると、どうでしょう。
てっぺんに、まあるい玉が
光っています。

アリさんは前を行く
お姉さんに叫びました。
「おひさまがもうひとつ、
生まれかけているわ！」
すると、お姉さんは
くすくす笑って言ったのです。

「大丈夫。あれは春が
来たうれしい印よ。
初めて見ると、
びっくりするけれど」

——うれしい印《しるし》。
アリさんは心の中で
繰り返しながら、
妹たちに
教えてあげよう、と
思ったのでした。

文　車谷奈穂子

吾輩《わがはい》は象のうんこだ五月晴れ《さつきばれ》

アヒルくんは
いつも象くんにくっついて
遊んでいます。

象くんが長い鼻で
ジャワー、ジャワーと水浴び。
アヒルくんは大はしゃぎ。

あ、象くんの
大きなうんこの山が
水でくずれそう。

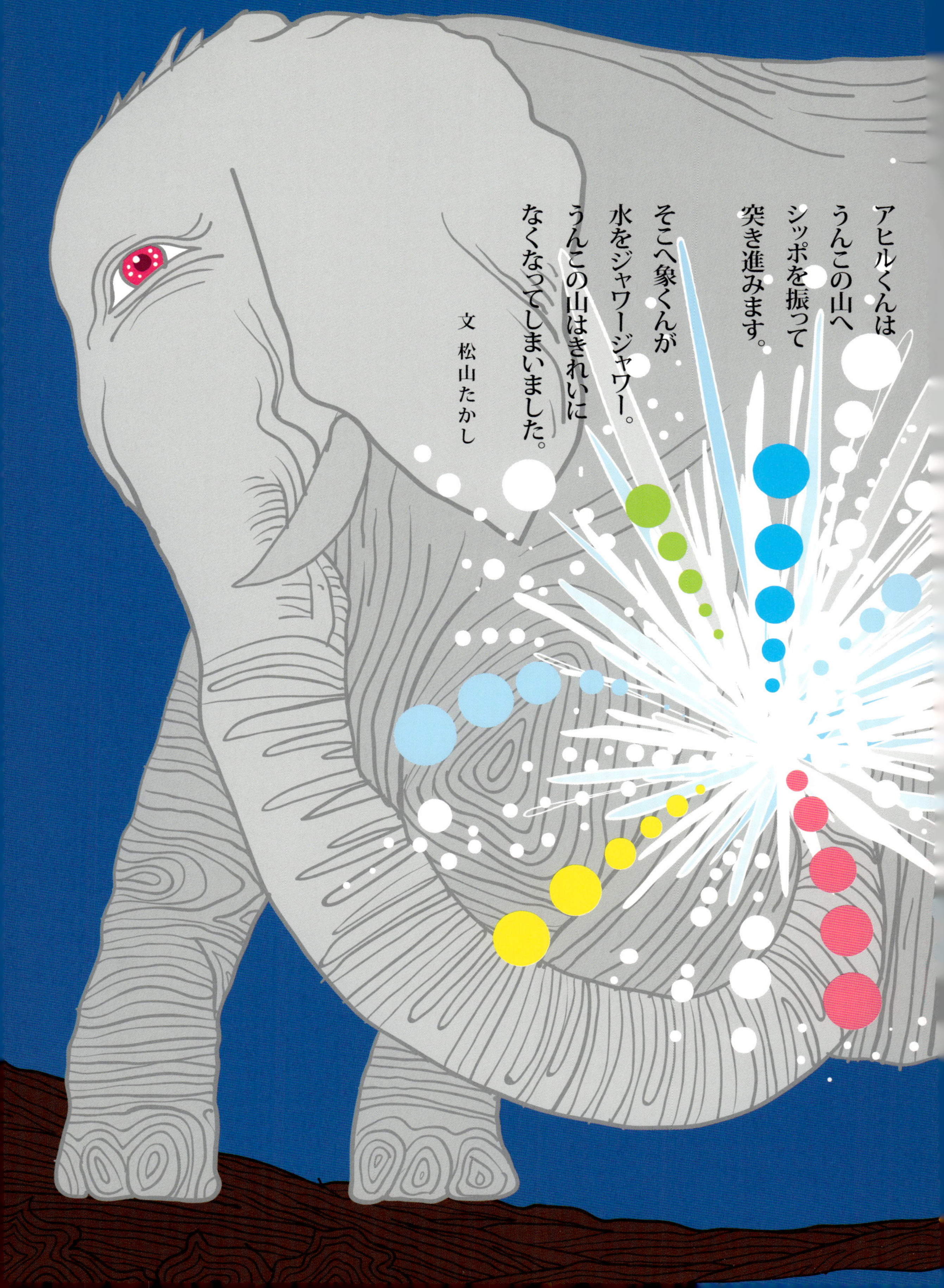

アヒルくんは
うんこの山へ
シッポを振って
突き進みます。

そこへ象くんが
水をジャワージャワー。
うんこの山はきれいに
なくなってしまいました。

文 松山たかし

ひっそりとベラ棲《す》む明るさ父母の島

ベラの家族は
お父さん、お母さん、
お兄ちゃん、妹の四人。

でも、
お兄ちゃんはまもなく
遠くへ行ってしまいます。

生まれ育ったこの家から
大きな海へ出たいとは
思っていたけれど、
いざ出るとなると寂《さび》しいー。

出発の日。
お兄ちゃんは体を
ひらひらっとさせました。
すると、
虹が生まれたように
海の中が七色に光りました！
お見送りのお父さん、お母さんも
きらきらと光りました。

文　五鬼上英子

鬼百合がしんしんとゆく明日の空

テントウムシ君は
鬼百合の
大きな花の影でお昼寝です。

ぴかり、ごろごろ。
カミナリさんが脅かしても
ここなら安心です。

ひとりぼっちで
ときどき
青い海まで冒険に出かけます。

ずっと遠い
水平線を眺めながら
明日もいい日だといいなあと
願ったりします。

テントウムシ君は
なんにも心配のない
平和な毎日が
いちばん幸せなのです。

文　松山たかし

がんばるわなんて言うなよ草の花

ヤギ君は、後ろ足で立って、
高いところの葉っぱを
食べることができます。

ロバ君には、まねのできないことです。

でも、ロバ君は、
自分の方が何でもできることを
言いたくなります。
「ロバの方が頭がいい」とか、
「重い荷物を引っぱれる」とか。

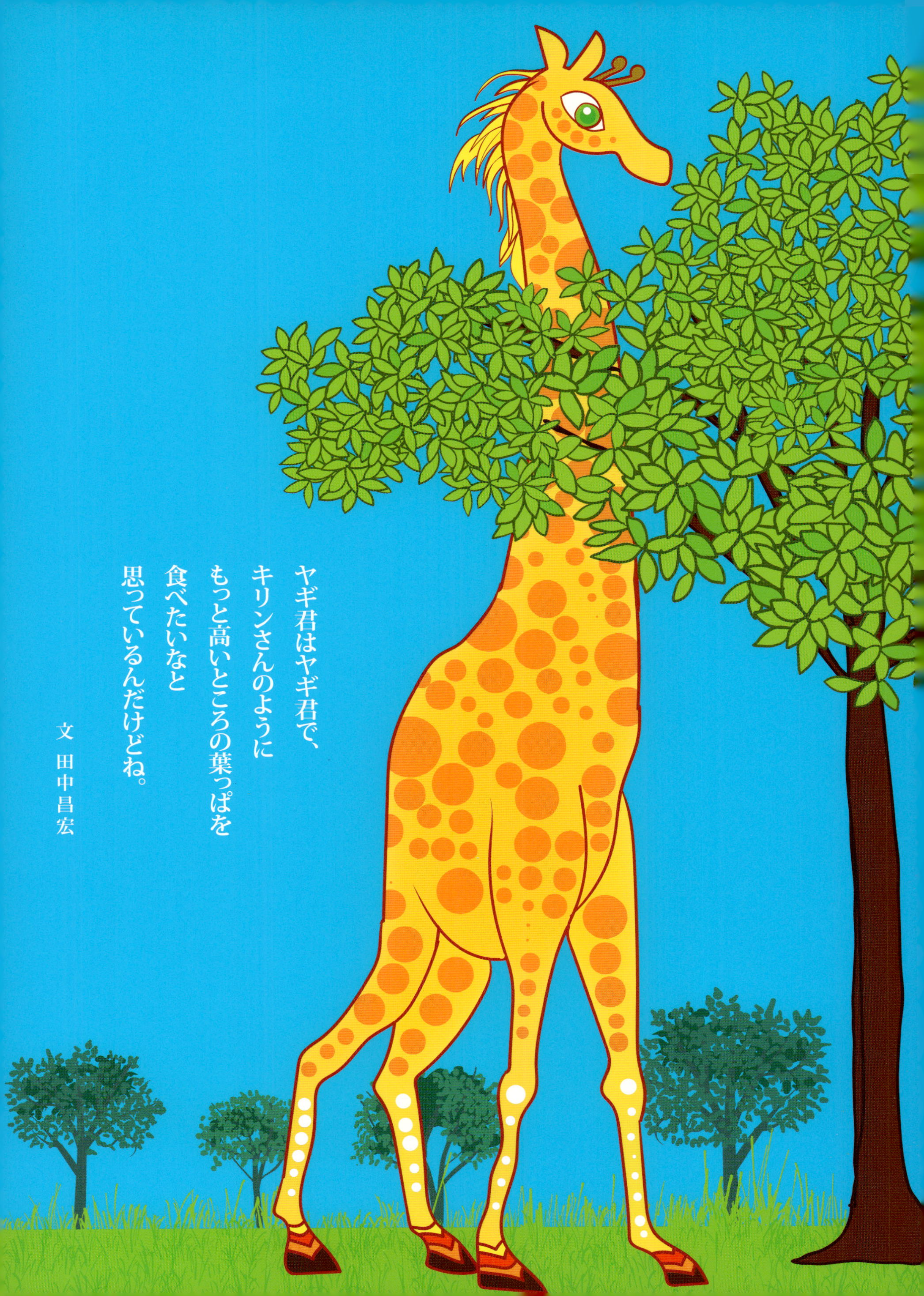

ヤギ君はヤギ君で、
キリンさんのように
もっと高いところの葉っぱを
食べたいなと
思っているんだけどね。

文　田中昌宏

月のぼる砂にまみれて肥後守《ひごのかみ》

ざぶーん、ざぶーん。
夜の浜辺に、波が打ち寄せます。
ざぶーん、ざぶーん。

と、
岩かげからカニさん。
波にさらわれないよう
しんちょうに、横歩き。
ときどき立ち止まっては
砂を掘ります。

と、
光るなにかを見つけました。
ハサミでそーっとつまんで、
月の光にすかしてみると、
なんとも美しいガラス玉です。
――外国の海は、
こんな色かな。
カニさんは、
いつまでも、うっとり
眺《なが》めるのでした。

文 車谷奈穂子

＊肥後守…日本で戦前から使われている折りたたみ式ナイフ。
これで鉛筆を削ったりしていました。

飯《めし》噴《ふ》いてあなたこなたで倒《たお》れる犀《さい》

「ご飯が炊けるまで外で遊んでらっしゃい」
サイくん兄弟は大喜びで公園へ。
ふたりは
石けり遊びをはじめました。

お兄ちゃんが石をけると
ぽーんとはねて
ブランコの下へ。
ブランコ遊びをしていた女の子が
勢いでその石をぽーん。
石は公園の真ん中の大きな木の中へ
でも、
石は見つかりません。
その時、女の子がやってきて
大きな木にお祈りをしました。
石がころころころ。
女の子はいなくなっていました。

文　松山たかし

あとがき

俳句が絵本になった。
俳句の絵本をつくったのではない。
俳句で物語をつくったら
絵本になったのだ。

俳句は伝えること以上に
感じてもらうことが大切なのではないか。
音楽や絵画のように。
そんな思いから
日頃、言葉で伝えることに関わっている
四人の方に俳句を読んでもらい、
感じたままの物語をつくってもらった。
その物語をイラストレーターに感じてもらい
絵をつけてもらった。

それがこの絵本だ。

こどもたちのためにというより
多くの大人たちに読んでいただき
俳句から新しい自分の物語を想像したり
もしかして、
俳句から元気をもらっていただくことになったりすれば
こんなうれしいことはない。

最後に俳句を好きなように読み、
感じたままに物語にするという、
きわめて不遜な企画に
大切な作品をご提供いただいた
坪内稔典氏のご理解に感謝いたします。

（松山たかし）

※各ページの絵の中に動物がかくれています。さがしてみましょう。

＊著者プロフィール

■俳句

坪内稔典
俳人 「船団の会」代表
京都教育大名誉教授、仏教大学名誉教授
近著「ねんてん先生の文学のある日々」
昨年、著作百冊出版記念会開催

■文（五十音順）

車谷奈穂子
コピーライター、取材ライター

五鬼上英子
コピーライター

田中昌宏
コピーライター、CM プランナー

長澤あかね
翻訳家
訳本「スタートアップ・バブル 愚かな投資家と幼稚な起業家」（講談社）
「キリング・アンド・ダイング」（国書刊行会）など多数。

松山たかし
コピーライター、CM プランナー
編集者、出版プロデューサー
俳句作家　近著句集「新とどのまつり」

■絵

米津イサム
イラストレーター、グラフィックデザイナー

はいくの動物園　2017年12月14日 初版発行

●著者　俳句:坪内稔典
文:車谷奈穂子　五鬼上英子　田中昌宏　長澤あかね　松山たかし
絵:米津イサム

●発行人　松山たかし

●発行所　株式会社シンラ　象の森書房
〒530－0005
大阪市北区中之島3-5-14LR中之島8F
Tel. 06-6131-5781　fax. 056-6131-5780
mail：zonomori@shinla.co.jp

●印刷・製本　有限会社オフィス泰

●装丁・デザイン　米津イサム

落丁・乱丁本はお取替えいたします。
ISBN 978-4-9907393-7-9